林秀穗（cookie Lin）　廖健宏（Chien-Hung Liao）

　　圖畫書創作夫妻檔，喜愛圖畫書、漫畫、電影和散步。擁有多樣共同興趣，在文字與圖像創作上各自發展。兩人也合作多本得獎作品，曾獲陳國政兒童文學獎、信誼幼兒文學獎圖畫書類首獎、信誼圖畫書 獎佳作、波隆那兒童書展、東方小美人台灣館推薦 36 位原創童漫繪者之一、豐子愷兒童圖畫書獎評委推薦獎、第 38 屆金鼎獎等，著有《小丑、兔子、魔術師》、《癩蝦蟆與變色龍》、《進城》、《稻草人》、《神探狗汪汪》、《黑西裝叔叔系列》、《飛天小魔女系列》、《謎霧島系列》等少兒小說，並且作品已售出多國版權，有多部作品已改編為兒童劇、售出影視版權。

九色鹿

文／林秀穗　圖／廖健宏

認識了九色鹿，我才真正學會了飛翔。

那年，我住在王宮，
王宮在沙漠的邊上。

「怎樣才能讓我變得更美呢？」
我總是聽到王后這麼自言自語。

有一天，王后找來了採藥人。問他：
「聽說沙漠那邊的森林裡，有能讓人變得更美的草藥？」
「是的，尊貴的王后，不要說讓人變得更美，那裡可是什麼草藥都有。」
採藥人回答。
於是，王后命令採藥人趕緊到森林去採藥。

我好奇的跟隨採藥人，飛過沙漠，進入森林。

當採藥人忙著尋找草藥的時候，
森林裡的鳥兒悄悄告訴了我一個祕密——

7

美麗的九色鹿也居住在這兒！
在水邊，我真的看見了他閃耀著霞光的身影。

採藥人也看見了，
他讚嘆著：
「多麼美麗的鹿呀，美得用天下
最美的語言也無法形容！」

他轉身，被黑熊嚇了一跳，
腳下一滑，掉進了河裡。

「救命啊——救命啊——」
採藥人在滾滾河水中，拚命呼救。

我看見他愈是掙扎，身體愈往下沉，
眼看就要淹死了。
忽然，一道霞光衝進河裡，是九色鹿！

九色鹿把採藥人從河裡救了起來。

採藥人跪下來磕頭，感謝九色鹿的救命之恩。

我聽見他許下這樣的承諾：

「非常感謝您救了我，我願意一輩子侍奉您。」

可是，仁慈的九色鹿只是輕聲說：

「請不要在意，只要你不說出我的行蹤就好了。」

採藥人謝過九色鹿，匆匆離開了森林。

我又跟隨採藥人越過沙漠，回到了王宮。
採藥人採回的草藥不能讓王后變得更美，
他怕王后責罰，便把九色鹿的事告訴了她。

王后歡喜極了。

她大聲說：「如果能有一件
用九色鹿皮毛製成的衣裳，
我一定能變得更美！」

晚上的時候，她對國王說：
「我要穿上用九色鹿皮製成
的衣裳，我要變成最美的王
后！」

於是，國王找來了採藥人，
「如果你能帶我捉到九色鹿，一定有重賞。」

啊，貪心讓採藥人忘記了自己的諾言，
他答應帶國王去捉九色鹿了。

噠噠噠，轟隆隆，
沙漠裡揚起煙塵，森林裡起了騷動。

我大聲叫著：「啾啾，啾啾，危險！危險！
快逃呀，九色鹿，採藥人帶著國王來捉你啦！」

但是，來不及了——
國王的兵馬已經圍住了九色鹿！

國王一聲令下，

嗖－嗖－嗖－

箭像大雨似的朝九色鹿射去。

可是說也奇怪，箭一飛到九色鹿面前，

馬上就變成了一片片美麗的花瓣。

我忍不住啾啾的叫，

大隊兵馬裡，好多人也驚呼起來：

「神鹿啊！神鹿啊！」

所有人都停止了射箭。

九色鹿來到國王的面前，輕聲的說：

「尊敬的國王，我曾經救過這個採藥人。

他答應不說出我的行蹤，現在卻帶著您來捉我，

您怎麼能跟這樣的人在一起呢？」

國王覺得很慚愧，馬上命人去逮捕採藥人。

採藥人嚇得趕緊逃跑，
沒想到他慌忙中掉進了河裡……
國王只好帶著大隊兵馬離開了。

聽說，沒得到九色鹿皮的王后一直鬱鬱寡歡，
不久後就生病，也失去了國王的寵愛。
至於我呢？
從那天起，我就一直和九色鹿一起住在森林裡。

偶爾，當有人遇到危險，

我仍然會看見一道霞光衝過去……

九色鹿壁畫　散播故事的種子

文 / 編輯室

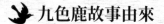 **九色鹿故事由來**

　　《九色鹿》的故事原型是「鹿王本生」故事，源自佛經《大正藏》第三冊〈佛說九色鹿經〉，最早的紀錄出現在西元前二世紀。〈佛說九色鹿經〉講述釋迦牟尼在成佛之前，曾經經歷多次轉生的故事，「九色鹿」也是釋迦牟尼的其中一個「前世」。

古人怎樣把故事流傳下來呢？

　　在古代，「圖畫」是傳承故事的最好方式。許多古文明，都在洞穴中留有各式各樣的壁畫，像是列入聯合國教科文組織世界遺產拉斯科洞窟（位於法國西南部）壁畫。九色鹿的故事能夠流傳，「壁畫」有很大的功勞！

九色鹿出現在好多壁畫上！

　　九色鹿的故事最早是以圖畫紀錄的。西元前二世紀，印度巽伽王朝建築的巴爾胡特佛塔（現存最古老的佛教聖地遺址之一）中，有一塊名為〈鹿王本生〉的圓形浮雕，描繪九色鹿故事。西元四世紀左右，這故事從阿富汗流傳到中國西域，我們可以在新疆的克孜爾千佛洞，看見許多〈鹿王本生〉的故事壁畫！

　　位於中國敦煌的莫高窟，是世界上最大的佛教藝術寶庫，洞穴中有著精美的壁畫及塑像，詳實記載著佛經的故事，當然也包括〈鹿王本生〉的壁畫故事！

🕊 神奇的第 257 窟壁畫

　　莫高窟記錄著眾多佛經故事，而《鹿王本生圖》壁畫，就在第 257 窟。圖高 58 公分，寬 390 公分，創作時間約為北魏時期（西元 386 年－ 535 年間）。

　　《鹿王本生圖》是以連環畫的方式呈現，故事情節分段敘述，活靈活現的道出〈鹿王本生〉的故事始末。故事由外（左及右）到中間結束，顏色的部分也有特殊的暈染鋪陳——深色的色彩從邊緣往中間暈染，愈到中間顏色愈淺，也是整幅畫中最亮的部分，帶領著觀看者將〈鹿王本生〉故事高潮深深記在心中！圖中的鹿王，被刻畫得非常生動，有著勻稱、俊俏又健壯的體態，而其他的人物，臉部也以圓潤豐滿的形象顯現，神情表現突出，有種溫和寧靜的美感。

🕊 九色鹿真的有九種顏色嗎？

　　九色鹿雖然名為「九色」，但是在這些壁畫中看到的九色鹿並沒有九種顏色。其實，九色鹿中的「九」，並非具體的「九種顏色」，而是「多色」的意思。古人常用「三」、「九」代表「多」。像是我們常說的「三思」、「三人行必有我師焉」、「九霄雲外」、「九死一生」，都是用三、九來代表多數。

展現光與影之美的繪本

文 / 鄭明進

從光與影說起

　　當我最初看到《九色鹿》這本書打樣稿的時候，心裡有一股熱發出來！高興的是，這一對繪本的好搭檔又花了三年時間，完成了一本充滿光影之美的新穎繪本。在我的想法裡，光和影在我們的生活中有很重要的意義，我認為「光」有太陽的光、月亮的光、蠟燭的光、火把的光、電燈的光等等，有「光」就有「影」，以光和影之美來創作繪本是很有創意的！

　　我記得在 2007 年曾經推薦這一對好搭檔所創作的《小丑、兔子、魔術師》，在推薦文〈感受光與影之美〉中，我稱許它不只是把光與影的美發揮得淋漓盡致，黑白效果極佳，也是本童趣十足，獨創性很高的繪本。

九色鹿出版了

　　如今相隔多年，兩位文圖作者又有新書《九色鹿》出版！這是他們經過三年時光，不斷挑戰自我的一本力作！

　　我很欣賞在故事中巧妙安排了一隻玄鳥（太陽鳥），扮演散播故事種子的說故事人，讓故事更順暢、更有童趣：畫家讓玄鳥在每個畫面和主角採藥人出現在不同的地方，演出了很精采的紙上電影故事！當然我最佩服的是畫家勇於挑戰自己的精神，不同以往的黑白對比，他在黑白中融入了低彩度的色彩，使畫面更加自然，也更具有空間感的意境。

光與影中的色彩點綴

　　請看看封面，那一隻黑影的雄鹿，身上畫了小小色點、色塊，在我們的眼中，產生了微妙的色光，帶來視覺上、心裡上的神祕感。翻開第六頁，黑影中的樹林細看之下，層次豐富，草叢中則出現了低彩度的藍與灰，更增添了森林的空間之美。

人物的誇張表現

　　故事中像王后、國王這樣重要的人物，畫家運用了近焦距、誇大的造型，讓他們在畫面上充分表現威嚴、權勢的樣子，特別是臉部表情、姿態和衣著，都有搶眼的視覺表現。

　　請看王后登場的那個跨頁，畫面中，王后穿著五彩繽紛的華麗衣服，象徵心中想要擁有九色鹿皮製成的衣裳，畫家用誇張的手法，把王后內心的渴望表現得淋漓盡致！緊接著是國王登場的跨頁，以近景誇大的人物造型，帶出國王威嚴的態勢，尤其誇大手的特寫，表現得真是生動無比！

豪放燦爛的表現

　　箭雨朝著九色鹿射去的那個跨頁，是本書中最富色彩感的畫面，九色鹿周圍突然散發一片片明度很高、色彩層出的花瓣，匯成了色彩燦爛的大圖，光芒四射！整幅畫變成金黃色的神奇世界，美不勝收！

　　這真是一本獨創性很高又亮眼的傑出繪本！

圖畫書裡的修行

文 / 林秀穗 & 廖健宏

　　談起《九色鹿》圖畫書的創作，低頭數數手指，應該經歷了至少二十四個月以上，也就是說有兩年多的時間，或進行、或停頓，但心總是牽掛，好似繫著一條線，隨時扯扯線頭，又回來埋首於創作中。

　　會有這樣的狀況，因為壓力實在不小，一來「九色鹿」是佛陀的故事，取自佛經《鹿王本生論》，再則因為「九色鹿」圖畫書的版本，過去已經有許多知名前輩創作過，如果不能有新的說故事方式和有別於之前作品的畫作風格，就失去了再創作這部作品的價值。

　　於是我們想了又想，最終決定在故事裡加入一個新角色。是什麼樣的角色呢？我們加入了一隻鳥，讓玄鳥（太陽鳥）來擔起說整個故事的重責大任，有了這個決定後，文字的部分還算順利的往下進行，過程中到底修改過幾回？現在已經不大記得了，不過應該不會少於十次吧！

　　再來是圖畫創作的部分，因為圖畫書畢竟是以圖文並重來呈現的一種講故事方式，圖畫的思考與呈現非常重要。如何在不失自我風格的情況下，又能讓人耳目一新呢？關於這點，健宏思考了很久，首要問題就是角色的造型，從鹿、人物、場景等，到初步的草圖，經過討論和調

整，再進階到再細一點的草圖，又經過討論和調整，最後才是上色的階段。這個部分健宏思考了幾個星期，既想保有自我特色（黑色類剪影），又希望有別於以往的技法，融入色彩。最後嘗試以仿古絲絹的感覺設計底色，加入現代感的造型，畫出心目中的九色鹿。

在文稿和圖稿的反覆修改中，我們常說創作其實也是一種修行，在反反覆覆修改中，第一個要面對的是自己心魔的考驗，在一次次對自己提出不滿意的質疑中，尋找到最歡喜的結果，然後發現，隨著每次的修改，故事都朝著讓自己意想不到的驚喜前進，然後一再一再的修改，直到完成（不只是我們喔，編輯從排版到封面的設計，也是如此）。說實在真的有點像人生，對吧？

另外一提，在這次創作中，由於前後歷經了兩年多，我們也發現一件有趣的事：《九色鹿》連續三年參加了小房子舉辦的圖畫書原畫展，每次展出的畫都有所不同，呈現出不同創作階段的不同風貌，讓人清楚看見一本圖畫書誕生的脈絡。我們想，這應該是一件非常有趣的事。

國家圖書館出版品預行編目資料

九色鹿 / 林秀穗 文;廖健宏 圖. -- 二版. -- 新北市：步步
出版, 遠足文化事業股份有限公司, 2024.07
　　面；　公分

ISBN 978-626-7174-61-6 (精裝)

863.599　　　　　　　　　　　　113004462

九色鹿（二版）

文｜林秀穗
圖｜廖健宏
美術設計｜劉蔚君

步步出版
社　　　長｜馮季眉
責任編輯｜李培如

出　　版｜步步出版／字畝文化創意有限公司
發　　行｜遠足文化事業股份有限公司（讀書共和國出版集團）
地　　址｜231 新北市新店區民權路 108-2 號 9 樓
電　　話｜(02)2218-1417　傳真｜(02)8667-1065
電子信箱｜service@bookrep.com.tw
網　　址｜www.bookrep.com.tw
法律顧問｜華洋法律事務所　蘇文生律師
印　　製｜中原造像股份有限公司

初　　版｜2017 年 5 月
二　　版｜2024 年 7 月
定　　價｜350 元
書　　號｜IBTI4006　ISBN 978-626-7174-61-6